内蒙古自治区社科基金"全方位建设模范自治区研究基地"
委托重点项目"内蒙古黄河文化的地域特性研究"（编号：2023WT31）支持成果

黄河至北

康建国 ◎ 著

内蒙古人民出版社

图书在版编目（CIP）数据

黄河至北 / 康建国著 . —— 呼和浩特：内蒙古人民出版社，2025.1. ——（讲好内蒙古故事口袋书系列）.
ISBN 978-7-204-18240-4

Ⅰ．I247.81

中国国家版本馆 CIP 数据核字第 2024PE0465 号

黄河至北
HUANGHE ZHI BEI

作　　者	康建国
策划编辑	王　静
责任编辑	段瑞昕
封面设计	琥珀视觉
出版发行	内蒙古人民出版社
地　　址	呼和浩特市新城区中山东路 8 号波士名人国际 B 座 5 楼
网　　址	http://www.impph.cn
印　　刷	内蒙古金艺佳印刷包装有限公司
开　　本	880mm×1230mm　1/32
印　　张	4.75
字　　数	80 千
版　　次	2025 年 1 月第 1 版
印　　次	2025 年 1 月第 1 次印刷
书　　号	ISBN 978-7-204-18240-4
定　　价	68.00 元

如出现印装质量问题，请与我社联系。联系电话：（0471）3946120

前言

一

黄河"几字弯"的右上角,是呼和浩特市托克托县,其境内黄河岸边的河口村是黄河上游与中游的分界点,黄河从这里结束了它北上的征程,转而由北向南冲入黄土高原。

早在新石器时代,这里就是人类活动的重要地区,是黄河文明的发祥地。诞生在托克托县双河镇海生不浪村黄河北岸台地上的海生不浪文化,是典型的黄河沿岸的史前考古学文化。与其同类型的文化遗址还有清水河的白泥窑子遗址、包头的阿善遗址等,它们都被发现在紧邻黄河岸边的台地上。

流经内蒙古境内的黄河河道，在历史上多次发生改道和水量的变化，从而不断改变着这一地区的面貌，历史的兴衰在这里反复上演，但文明却从未间断。水量和河道的变化影响了这里的自然生态条件，因此在不同的历史时期，人们会选择不同的居住地，虽然都在河边，但位置却各有不同，从而留下了众多历史遗存，例如，云中郡古城、蒲滩

老牛湾明代长城止点处的烽火台——望河楼

明代东胜卫南城墙

拐古城、十二连城遗址、巨河滩古城、河滨县古城、东胜卫古城等。

　　云中郡古城始建于战国，赵武灵王当时在此设置了云中郡。云中郡是赵国强盛时期的产物。赵国经过发展生产、强兵富国以后，将控制区域向北推进到今阴山一带，并在阴山一线修筑了长城，同时在水源充足、气候宜人的大黑河平原地带设置了云中郡，进行有效管辖。这是呼和浩特地区最早有行政建制的开始，从城市发展历史来说，云中郡是呼和浩特地区最早的城镇。

辽金时期的河滨县古城，顾名思义就是地处黄河之滨，位于今托克托县河口村附近。河滨县古城与明代的东胜卫都修筑在黄河东侧的平地之上。东胜卫作为明朝的重要屯兵地点，其据守的大黑河口是重要的军用物资集散地和重要的黄河渡口、运输线。明长城修筑后，东胜卫废弃。明隆庆五年（1571年），土默特部阿勒坦汗被明朝封为顺义王，双方达成"隆庆和议"，开启了通商和友好

往来的历史。明朝沿长城一线开设互市场所，这些互市场所大都被控制在山西商贾手中。随着草原商路"万里茶道"的打通，广阔的北部边疆地区一下子成为晋商贸易的巨大市场，山西商人越过长城，开始在广阔的草原上开辟自己的财富之路。

　　商路的发达促进了内蒙古地区草原城镇的发展。归（归绥）、丰（丰镇）、萨（萨拉齐）、托（托克托）各县纷纷开辟商路。

库布其沙漠边缘的黄河

托克托凭借其良好的黄河水运码头的地位，成为万里茶道上最先崛起的城镇之一，时人称"先有河口镇，后有托县城"。

河口在中国黄河水运史上发挥了重要的作用。以河口为中心的商户经营范围北至喀尔喀蒙古、俄罗斯地区，南达晋陕地区，东连察哈尔、京津地区，西接河套、宁夏、甘肃、新疆地区，所涉及的地域范围可谓广阔。河口的繁荣促成了从今呼和浩特到北京的一条新的商道的形成，这就是老一辈呼和浩特人经常说的大京路。据史料记载，那时候光在河口经营河渡的船舶就有200多只，河路船工有1000多人，商号90多家，伙计达2800多人。

商业的繁荣促进了人口的流动，带动了文化的交流与交融，特别是"走西口"，不仅是人口的大迁徙，也是文化上的大融通。

晋陕文化对今天的呼和浩特、包头地区影响深远。建筑上，一些传统民居仍然坚守着晋陕文化的传统风格。内蒙古西部地区的二人台、漫瀚调等民间艺术，也是文化交融的典型例证。

饮食上，莜面、炸糕、腌菜等典型的山西美食，在内蒙古西部地区已经成为特色食品。饸饹、焙子等面食既是山西传统面食，也是草原商路上的特色食物，特别是焙子能长期存放，成为远行客商的干粮。烧卖、羊杂也是多民族饮食习俗与地方物产相结合的典型，成为文化交融的例证，而这一切都与黄河有着千丝万缕、不可分割的联系。

目 录
CONTENTS

河源河套的历史
002

乌素图的山和水
030

通往草原的直道
050

河套开发三千年
010

大黑河畔城市史
040

河畔的十二连城
056

史前黄河的先民
020

草原石窟阿尔寨
064

水陆驿站燕家梁
074

"乌海走廊"
党项人
118

南海子渡口码头
102

归化城佛教召庙
082

唯富一套母亲河
124

河东的历代古城
110

和硕恪靖清公主
094

结语
130

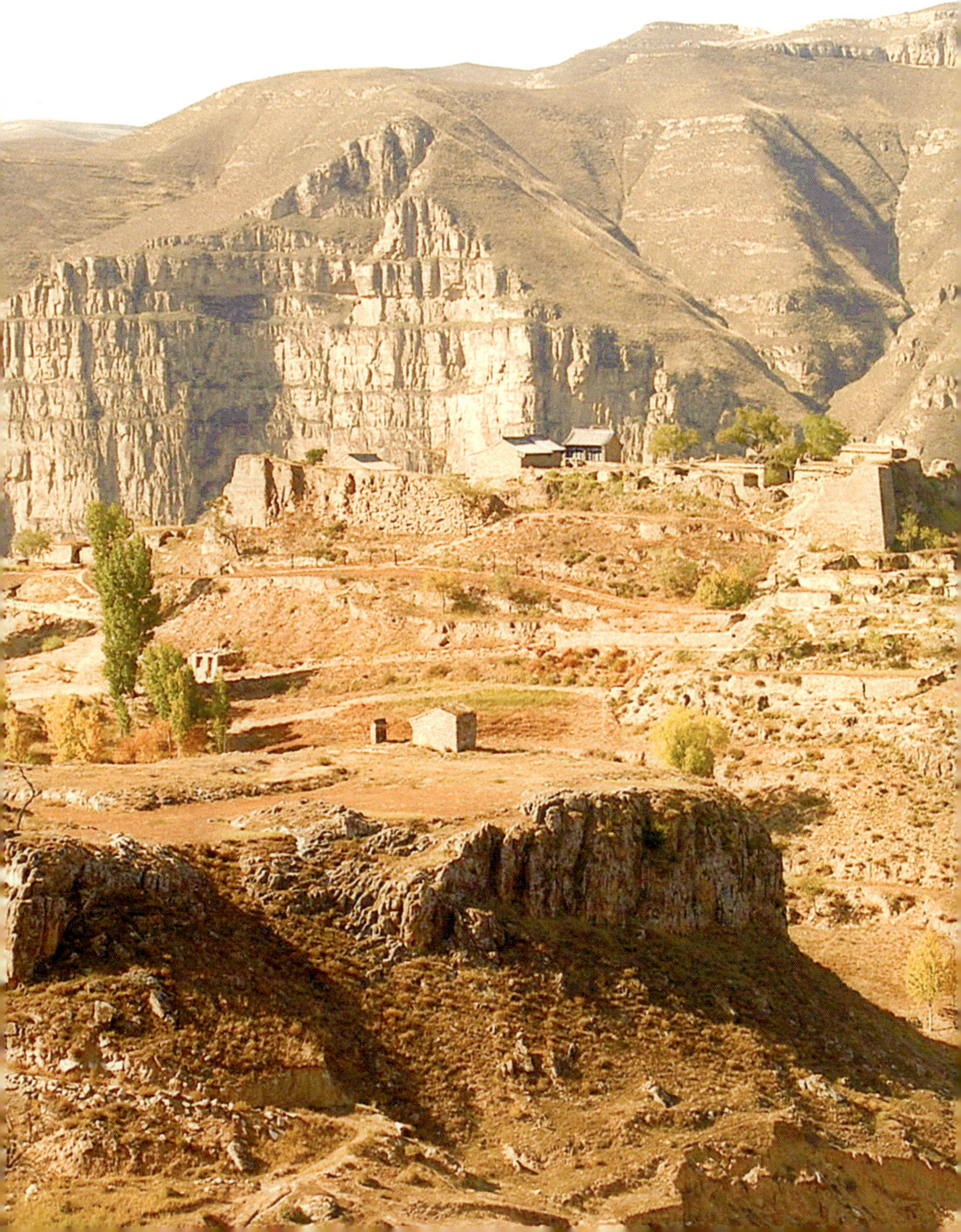

老牛湾堡

河源河套的历史

"河"在古代一般特指黄河。关于黄河的最早记载见于《尚书·禹贡》，其中有"导河积石，至于龙门"的记载。《尔雅·释水》说："河出昆仑虚，色白，所渠并千七百一川，色黄。"已经点出了黄河的基本特征。从史书记载可知，古人对河源的认识并不一致，不论是《山海经》中记载的"昆仑山"，还是《禹贡》中所说的"积石山"，我们并不知道它们的确切位置。

汉代打通并控制河西走廊，但并未深入青藏高原。沿河西走廊进入西域的道路，前半程是在黄河沿岸，后半程的路线中有塔里木河段。因此，当时的人认为塔里木河流入地下以后，在积石山流出来就是河西走廊的那段黄河，因此有了"重源潜流"的说法。而塔里木河发源于昆仑山，正应了《山海经》的说法，因此这个结论被很多人接受。

在戈壁流淌的河，有时在地上，有时又潜流地下，青海省海西蒙古族藏族自治州都兰县的香日德河就是这样。香日德河位于柴达木盆地东南部，发源于昆仑山布尔汗布达山。该河上游由托索河和乌兰乌苏河两支组成，汇合后称为洪水川，与清水河汇合后称香日德河。该河经过香日德镇后潜入地下，后又以泉水的形式泄出，称柴达木河，最后汇入南霍鲁逊湖，可见"重源潜流"这种说法在当时也是有现实依据的。西晋《博物志》

磴口三盛公黄河水利枢纽工程过河大桥及其附近的黄河景观

黄河至北

提到"黄河发源于星宿海",并说黄河的上源有红色的河水,这也是真实的,香日德河的河水就是红色的。文成公主入藏后,唐朝与吐蕃之间经常有使节往来,在唐朝使臣出使吐蕃的记载中也提到过关于黄河河源的情况。唐代河源地区为吐谷浑占据,唐朝派大军征讨吐谷浑时到达过星宿海以西的地方。

历史上第一次对黄河进行主动的探源活动是在元朝。至元十七年(1280年),元世祖忽必烈命都实为招讨使,佩金虎符,向

河口——黄河上中游的分界点

西考察河源。这次探源活动,第一次用科考的形式确定了黄河发源于星宿海一带。"履高山下瞰,灿若列星,以故名火敦脑儿。火敦,译言星宿也。"他们还绘制了河源地区最早的地图。在此之后,关于黄河河源的争论主要是星宿海上源的几条支流谁是河源的问题,这一争论一直持续到今天。星宿海上源共有三个河源,即卡日曲、约古宗列曲和扎曲。"曲",藏语是"水"的意思,其中,扎曲比较小,基本排除在外。因此,关于黄河源头的争论主要集中在卡日曲和约古宗列曲这两大河源上。按最长的原则,卡日曲最长,但二者也仅相差二十几公里,而周围百里内都有泉水涌出。因此,很多人把河源表述为黄河发源于青海巴彦喀拉山约古宗列盆地,或者干脆将这一带统称为河源地区。

黄河由许多湖盆水系演变而成,因此湖泊与黄河关系密切。伴随着大量湖泊的分割和消失,黄河最终形成。如今黄河上的湖泊

位于甘肃省兰州市城区黄河岸边的"黄河母亲"雕像

只剩下扎陵湖、鄂陵湖、乌梁素海和下游的东平湖。黄河在到达内蒙古磴口以后向东转向，在内蒙古的托克托黄河上游与中游的分界点折向南流。在这个过程中，黄河不断向东和向南切换河道，这些遗弃的旧河道，往往会留下湖泊，这样的湖泊被称为"牛轭湖"，乌梁素海就是其中一个典型。正是这些旧河道和"牛轭湖"，塑造了内蒙古的河套平原。套，古汉语解释为会意字，从长从大，意为"山水弯曲之地"。因为"河"为黄河专属称谓，历史上所说的"河套地区"指被黄河环抱的地方，包括贺兰山以东、狼山和大青山以南地区的黄河两岸和整个鄂尔多斯高原。这其中的一些平原灌区直接被称为"河套"，以乌拉山为界，东为前套，西为后套。

黄河谣工匠博物馆

历史上河套是各种政权争夺的焦点。秦汉称之为"河南地"，秦将蒙恬率军占领河南地后，屯田设郡县驻守阴山一线，实现了"胡人不敢南下而牧马，士

> 黄河至北

不敢弯弓而抱怨"，解除了匈奴政权对中原的威胁。汉初匈奴再度占领河南地，汉朝也因此时刻受到匈奴的军事威胁。汉武帝反击匈奴的第一次主动出击就是派卫青收复河套，并设置郡县屯田固守，在阴山修筑长城，跨戈壁一直将长城防线延伸到今新疆阿克苏地区，从而有效地控制了河西走廊、河套和西域，三者互为犄角，彻底稳定了西北局势。

因为有黄河水利灌溉，农业发达，阴山南北的牧场又是游牧民族繁衍生息的地方，河套地区成为我国北方游牧民族与中原农耕民族的交融汇聚之地。汉代就有附汉的匈奴人被安置在河套地区生活，唐代的突厥、回鹘，北魏的乌桓、鲜卑，之后的契丹、蒙古、党项等，都曾在这里与中原迁徙来的汉人杂居共处，共同开发和建设了我国北疆的河套地区。

黄河碛口段景观

黄河至北

河套开发三千年

　　河套地区位于漠北、西域、河西走廊与中原的连接点上，自古以来就是草原与中原交往的前沿地带。站在历史的视角看，河套地区是军事上的战略要地，也是商贸上的必经之地，更是文化上的融汇之地。黄河河套地区深入草原腹地，成为进出草原最为成熟和便捷的通道。黄河文化从这些通道走出去，其他文化从这条通道走进来。历史上不同朝代都围绕河套地区修筑了防御性工程体系——长城，典型的有河套地区北面的战国赵北长城、秦汉长城，河套地区南面的明长城等。长城这种军事封锁设施的存在，更凸显了这条通道的价值。历史上长城的修筑多出于军事防御的需要，所以长城所在之地大致成为农耕区域与游牧区域的分界区域。但我们对长城的认知不能仅停留在军事上，它更是社会政治、经济、生活秩序的维护者。战时，它是军事设施；和平时期，它又是社会、商贸、交通秩序的管理

阿拉善左旗巴彦市仁苏市盐仓与事务所旧址

设施。特殊的战略位置，以及由于黄河水的滋养，使得河套地区成为宜农宜牧的风水宝地，也使其成为历史上各方势力争夺和关注的焦点。

战国时期，赵武灵王将长城修到了阴山山脉狼山口。秦统一六国后，秦始皇派蒙恬收复被匈奴占据的"河南地"（今河套地区），修建直道从关中直达河套，并沿黄河设置郡县，大规模移民发展农业生产，这是河套地区进行农业生产的开始。屯垦有效保障了边

呼和浩特市托克托县河口村村口"塞上河钥"牌楼

防上的后勤保障，解除了匈奴政权对中原的威胁。

西汉初年，匈奴再度占领"河南地"，汉武帝派卫青收复河套地区。汉武帝在河套设置朔方郡、五原郡进行有效管辖的同时，招募十万百姓迁徙到河套地区实施屯垦，专门设置田官专职管理和从事农业生产。汉代河套地区富足，一度被称为"新秦中"。

汉宣帝时期，匈奴分裂为南、北两部分。南匈奴的呼韩邪单于于公元前52年"款五原塞"，请求归附汉朝。汉朝册封其为匈奴单于，并颁给他"匈奴单于玺"，派兵帮助其稳定在匈奴的统治地位。汉朝用兵草原的粮草物资主要来自河套的五原和云中等郡。河套农业的发展，为这一地区的稳定起了决定作用。公元前33年，汉元帝将宫女王昭君赐予呼韩邪单于，汉匈之间实现和

呼和浩特市托克托县河口村村委会风貌

解，出现了"边城晏闭，牛马布野"的祥和景象。

东汉时，匈奴内部纷争不断，光武帝将南匈奴移牧黄河以南，并派兵驻守护卫南匈奴，南匈奴也派各部巡防北匈奴，其中就有韩氏骨都侯屯北地、右贤王屯朔方、当于骨都侯屯五原、呼衍骨都侯屯云中、朗

氏骨都侯屯定襄、左南将屯雁门、栗籍骨都侯屯代郡。从此，河套地区成为汉匈各族人民共同生活和守卫的地方。

东汉末期，河套地区呈现出汉族人、匈奴人、鲜卑人杂居共处的局面，并建立不同的地方政权。匈奴人赫连勃勃修建统万城（今陕西省靖边县白城子古城），建大夏国控制河套内外。鲜卑拓跋部以盛乐为中心建立北魏政权，"使东平公仪垦辟河北，自五原至于梱阳塞外为屯田"，为北魏政权的稳固和进一步壮大奠定了经济基础。

河口村龙王庙铸铁蟠龙旗杆

黄河至北

　　隋唐以前河套地区为突厥占据,隋唐时期,突厥内乱,而中原局势渐稳,隋朝和唐朝均曾派军驻守河套掌控时局。这时的铁勒、突厥的一些部落纷纷内附,唐朝将其安置在河套地区,并在黄河北岸汉代五原地区设置郡县移民屯田并派兵驻守,既保护了内附突厥各部的安危,也防止他们反叛。而能够保障这一切运

行的基础主要是河套地区的进一步开发，挖掘咸应、永清渠，引黄河水灌溉数百顷土地，使得农业发展、物产丰富。

唐末战乱，加之辽、西夏、金的政权割据，使得河套地区发展渐趋落后，到元朝时由于荒废日久，河套地区成为牧场。

黄河支流——浑河及其沿岸景观

明初，明朝曾在河套地区设置卫所管控，明长城修筑后，这些卫所先后迁入长城防线以内。放弃河套地区，防线南移，直接导致明朝对西域的统治衰微。由于明蒙长期处于军事冲突的状态，河套地区逐渐荒芜，直到蒙古土默特部移牧河套地区。土默特部原先驻牧的阴山以南地区牧场较少，随着人口的增多，为解决粮食问题，土默特部首领召集汉族人开垦河套灌区的农田，因此在河套灌区开始有了"板升"（从事农业生产的百姓），出现了"耕田市廛，花柳蔬圃"的局面。土默特部为能够在漠南长期驻守，积极与明朝修好，河套地区又日渐繁盛起来。

清末放垦、走西口加上民国屯田，使得河套地区的农耕人口持续增加，农牧杂居、蒙汉杂居成为常态。为增加粮食产量，河套地区的水利设施逐步增加，既有利用黄河决口形成的天然渠道，又有人工开挖的渠道。至清末，已形成永济、刚目等八大干渠。民国时期，灌区向东延伸至乌拉山前的三湖河地区。然而，由于建设缺乏全盘规划，渠系紊乱，

铁弗匈奴首领赫连勃勃所建统万城，西夏时期曾长期沿用，位于今陕西省榆林市靖边县境内。图为统万城遗址

维修不善，加之政府、地商等争利等原因，导致水渠废坏，旱年水不进渠，汛期泛滥成灾。

可见，自明中叶以来直至清末，河套地区的农牧业比重发生了变化，农业逐渐占据主体地位，而大面积开垦牧场为农田，粗放耕作、干旱风蚀，使得耕地肥力递减，土地沙化严重。20世纪50年代，政府修建了三盛公水利枢纽，健全了排灌系统，又修筑了黄河防洪大堤，同时开展农田基本建设，营造防护林，扩大灌溉面积，河套地区迎来新的发展生机。

史前黄河的先民

史前时期，黄河主河道水量较大，河岸滩涂沼泽密布，并不适合古人类生存，反而是黄河支流地带，自然条件适宜，因此黄河一些支流的上游地带便成为文明的发源地。如黄河支流无定河上游萨拉乌苏河边的萨拉乌苏遗址、黄河支流大黑河流域的大窑遗址等。

大窑遗址位于内蒙古呼和浩特市保合少乡大窑村南的大青山山前丘陵地带，分布面积达200万平方米，是1973年进行文物调查时发现的，1976年以后做过多次考古发掘。根据年代测定，大窑遗址年代为距今70万年至1万年，分旧石器时代早期、中期、晚期三个阶段。依据石器类型，将晚期定名为"大窑文化"。

大窑遗址出土大量石器，主要有石核、石片、刮削器、尖状器、砍砸器、石锤、石球等，其中尤以刮削器、钻具、尖状器等为多，其中龟背形刮削器独具特色，是该文化的典型石器。这一现象与大窑遗址所在区域有着密切的关系，这一区域内分布着由太古代花岗片麻岩和燧石构成的小山，其燧石质地坚韧、易击打成形，是制造石器最理想的原料。经考古挖掘以及研究表明，大窑遗址上可能存在一个规模很大的石器加工厂，这

岔河口黄河景观（一）

就说明，石器制作不仅是专业技术，还有专门的产业。大窑遗址的发现也证明了内蒙古阴山地带曾有远古人类活动，从旧石器时代早期起，人类就在这里开采石料，将其制成生产、生活用具。大窑遗址的发现不仅填补了内蒙古地区旧石器时代研究的空白，也为研究中国北方旧石器时代文化提供了重要资料。

与旧石器时代文化相比，新石器时代的古人类生活分布更为密集，并逐渐向河谷下游移动，在黄河主河道的岸边开始出现大量人类活动的痕迹。

海生不浪遗址标识碑

黄河岸边的岔河口史前环壕遗址标识碑

海生不浪遗址位于内蒙古呼和浩特市托克托县双河镇海生不浪村北约500米的黄河北岸台地上，面积大约3万平方米。该遗址于二十世纪六七十年代进行调查，1992年进行发掘，发掘面积500平方米，清理出房址、壕沟、灰坑、陶窑等遗迹，是新石器时代早期至青铜时代早期遗址，是新石器时代海生不浪文化的命名地。

白泥窑子遗址位于内蒙古呼和浩特市清水河县喇嘛湾镇白泥窑沟村、董家沟村西侧台地上。该遗址的调查与发掘工作最早由内蒙古历史研究所（今内蒙古社会科学院历史研究所考古研究室的前身）开展。1958年开始调查，1981—1984年进行了四次发掘工作，发掘面积为1325平方米。白泥窑子遗址是新石器时代至青铜时代的考古学文化遗址，面积大约5万平方米。白泥窑子遗址包含五种文化遗存，分别是仰韶时代早期、海生不浪文化、阿善文化、永兴店文化和朱开沟文化。

岔河口遗址位于内蒙古呼和浩特市清水河县王桂窑乡岔河口村，在黄河、浑河交汇点北岸的高台上。20世纪60年代初，内蒙古历史研究所开展考古调查时发现了这处遗址。1997年，内蒙古文物考古研究所对此遗址进行了复查。1998年，内蒙古考古工作者对其展开了发掘工作。该遗址总面积近6万平方米，是一处新石器时代的环壕聚落遗址，也是当时内蒙古中南部沿黄河两岸一个重要的酋邦部落中心。遗址外围是一圈圆形环壕，环壕直径南北256米，东西235米。环壕的西南、东和东北各开有一处门址。环壕中部偏南处有一条东西横亘的壕沟，把环壕的内部分成南、北两个区域。岔河口遗址文化内涵基本涵盖了仰韶时期各个发展阶段的不同文化类型。2019年，岔河口遗址被列入第八批全国重点文物保护单位。

黄河至北

  后城咀石城遗址位于内蒙古呼和浩特市清水河县宏河镇后城咀村浑河北岸的大型台地之上，地表可见清晰的城墙遗迹，为石块垒砌，城墙上有马面、城门和瓮城等遗存。这是一处史前时期的重要遗址，距今4300—4000年，是国家文物

局重大考古项目"考古中国——河套地区史前聚落与社会"课题的重要成果。

上述重要史前文化遗址均位于流经内蒙古呼和浩特地区的浑河流域。浑河发源于山西平鲁、右玉一带,在山西境内被称作苍头河,自南向北从杀

范家沟湾位于内蒙古鄂尔多斯市乌审旗黄河支流无定河的沿岸,是萨拉乌苏文化重要遗址点之一。图为萨拉乌苏遗址——范家沟湾景观

虎口进入内蒙古境内，被称作浑河。浑河在和林格尔县转向西流，经过清水河，最后在岔河口汇入黄河，是黄河中游在内蒙古境内非常重要的一条河流。许多古城遗址和史前聚落文化遗存都位于浑河的两岸，除了上述遗址外，还有元代的小红城遗址、明代玉林卫城以及杀虎口长城等。

人的生存发展离不开水，有水才能生活。清水河县位于沟壑纵横的丘陵地带，水资源匮乏，许多村落都面临着取水困难的问题，尤其是在山顶地区，只能修筑水窖以存续水源。在清水河县的许多地方能够看到早年人们生活的窑洞，后来由于缺水严重而废弃，人们搬迁到地势较低的谷地居住，以便于取水。黄河及其支流浑河沿岸保留的大量早期人类聚落遗址，说明水源对于人类生产生活的重要意义，同时也警醒着今天的我们，生态文明建设理念一定要深入人心，发展生产务必要保护生态环境，破坏环境、浪费水资源，无异于切断自己的生存后路。

乌素图的山和水

乌素图，蒙古语意为"有水的地方"。在内蒙古被叫做乌素图的地方有很多，我们所谈的乌素图位于内蒙古呼和浩特市西北郊，属于阴山山脉大青山的中段。这段大青山生态环境整体良好，山中沟壑纵横，沟谷中植被茂盛，地下水涵养丰富，有许多泉水、溪流蜿蜒而出。因此，在大青山南麓山谷流出的冲积台地周围，围绕泉水形成了大小不等的定居点。从乌素图沟发源的泉水，流出后被称为扎达盖河。

明清时期，黄河支流大黑河和小黑河水量过大，不适合作为城市用水，而适合用于农田灌溉。扎达盖河水量适中，适合作为

乌素图召（法禧寺）南门

城市用水。明朝中后期，阿勒坦汗与夫人三娘子寻求与明朝议和并开展互市贸易，明蒙双方实现"隆庆和议"，阿勒坦汗被明朝封为顺义王，并在大青山下也就是今呼和浩特市西南修建归化城作为自己的王城。清初，准噶尔部势力强大，对其他蒙古部落构成威胁，为稳定西北局势，雍正、乾隆时期在归化城东北修建了一座新城，命名为"绥远"。绥远将军在维护西北稳定、巩固北疆方面发挥了重要作用。今天呼和浩特市的将军衙署就是当时绥远将军镇守绥远城的办公地点。两座城市经历几百年的兴衰和发展，共同构成了呼和浩特这座城市。

如今的扎达盖河已经变成季节河，乌素图村还有泉水涌出，吸引周围很多人来这里取水、游玩，享受大自然的馈赠。乌素图村

乌素图召（庆缘寺）

乌素图召（庆缘寺）内的大殿正面

乌素图召（庆缘寺）内的大殿

隶属呼和浩特市回民区攸攸板镇。"板"，来自蒙古语"板升"，是蒙古语对汉语"百姓"的发音，后又用汉字音译而成，后来逐渐具有"房屋""村落"等内涵。康熙皇帝第六女和硕恪靖公主下嫁后，其公主府就坐落在临近乌素图的扎达盖河边。为了供应公主府的用度及其周边居民的日常所需，当时这里的农民种植蔬菜瓜果、纺纱织布，和硕

乌素图召（长寿寺）南门

乌素图召北边的战国赵北长城沿线的烽燧遗址

乌素图召北边的战国赵北长城遗址标识碑以及沿线烽燧遗址

恪靖公主也鼓励民众纺织耕作，留存至今的地方志和相关金石碑刻，如呼和浩特市清水河县发现的四通与公主有关的"德政碑"等，或多或少地记述了公主在奖励农业、耕织等方面的事迹。在这些特定的历史条件下，乌素图村的农耕纺织有了一定程度的发展。

乌素图沟是大青山上一条通往漠北草原的通道，今天的104国道就从这里经过。明末清初形成的万里茶道，今呼和浩

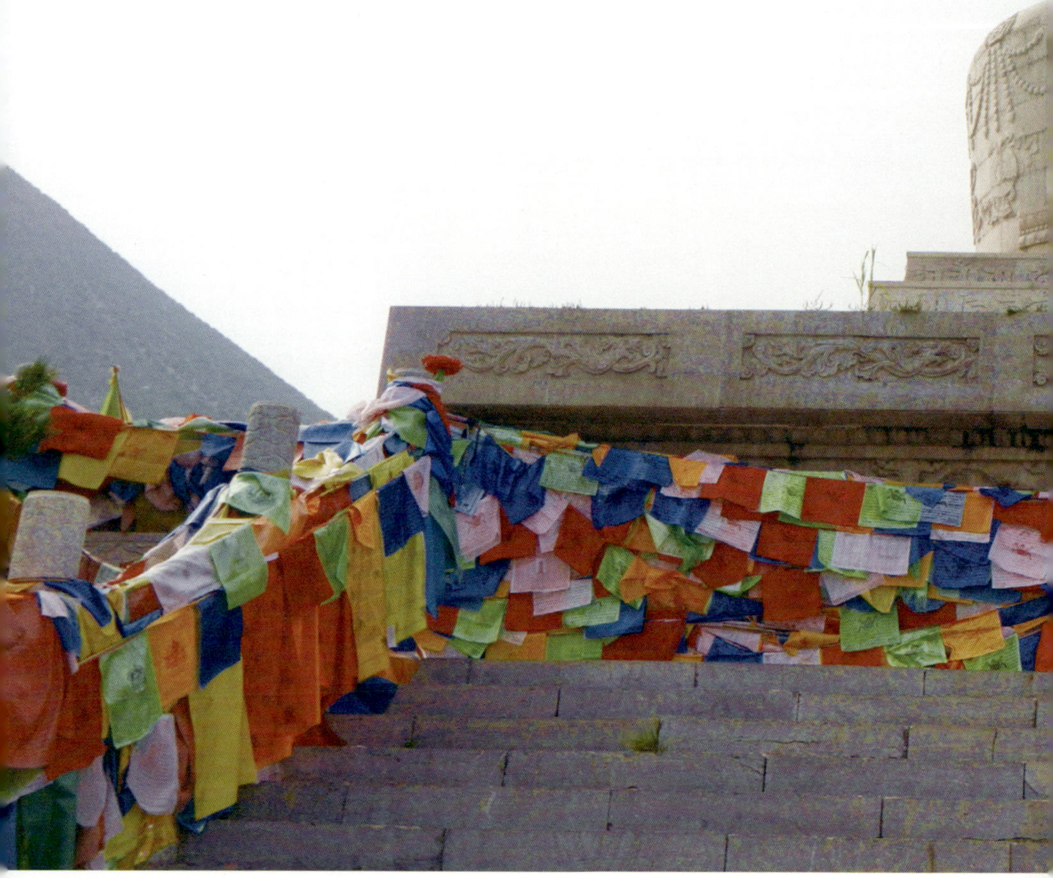

乌素图召后面的白塔

特地区是驼路的起点。从归化城出发的驼队，穿过沙漠、戈壁和草原，远赴外蒙古、俄罗斯等地。商队在乌素图集结后，经乌素图沟到山后的武川，向北进入漠北草原。万里茶道的兴起，带动了呼和浩特地区商业的繁荣，商业的繁荣促使了大批以经商为生的回族群众聚集于此，因此在山口形成了一个回民街区，为往来客商提供饮食、住宿、货物、向导等服务，这也是呼和浩特回民区的由来。

沿扎达盖河向下过公主府就是清代的绥远城，这一段扎达盖河正是呼和浩特新城区与回民区的界河。呼和浩特新城区的得名并非是想不出名字的权宜之计，而是一个历史名称。历史上，绥远城晚于归化城而建，因此当地人称归化城为旧城，绥远城为新城，延续至今，成为呼和浩特新城区名称的由来。

在清代，归化城生活着很多蒙古族群众，绥远城则住着满族八旗兵丁，他们携带家眷生活于此，乌素图则有很多从事农业生产的汉人和中原地区的商旅，在他们中间又聚集着众多回族商人，可见此时的呼和浩特是一个多民族汇聚之地。多民族的汇聚和多元文化共存共生，塑造了呼和浩特不一样的生活面貌。多民族的传统生活文化，已经深深融入呼和浩特人的生活，这从饮食上就可略见一斑。山西汉族的莜面、烂腌菜，回族的羊杂面、锅盔，蒙古族的牛羊肉、奶食品在这里交叉融汇，造就了呼和浩特的羊杂、焙子、烧卖等地方美食。

　　乌素图的泉水滋养了呼和浩特的各族人民，诉说着呼和浩特城市的发展史。今天，乌素图的泉水虽然已经没有了往日的丰姿，但乌素图作为呼和浩特的重要水源地、生态涵养区，仍是这座城市保持生机和活力的根基。

大黑河畔城市史

大黑河是黄河在内蒙古中南部地区的重要支流，发源于乌兰察布北部山区，向西流经呼和浩特阴山南麓的平原，为这一地区带来了丰沛的水源，加之这一带与同纬度的其他地区相比，气候格外温暖，水草更加丰美，多种生产方式并存其间，使得阴山南麓成为历史上非常适宜人类生产生活的一块宝地。

云中郡古城应该是大黑河畔最早的城镇。云中郡古城位于呼和浩特市托克托县古城镇，2013年公布为第七批全国重点文物保护单位。此城平面呈不规则方形，南北长1920米，东西1900米，周长约8000米。城西南有1座子城，平面呈正方形，边长

130米。云中郡城池始建于战国赵武侯时期。当时的赵国经过发展生产、强兵富国,实力大增以后,将北部控制区向北推进到今阴山一带,在阴山一线修筑了长城,同时在水源充足、气候宜人的大黑河平原地带设置了云中郡,用以管辖今天呼和浩特大黑河一带平原地区,这是呼和浩特地区最早有行政建制之始。

从城市发展的历史来说,这是内蒙古历史上有文字记载的最早的城镇,也是最早建

辽金元时期的丰州城墙与远处的白塔

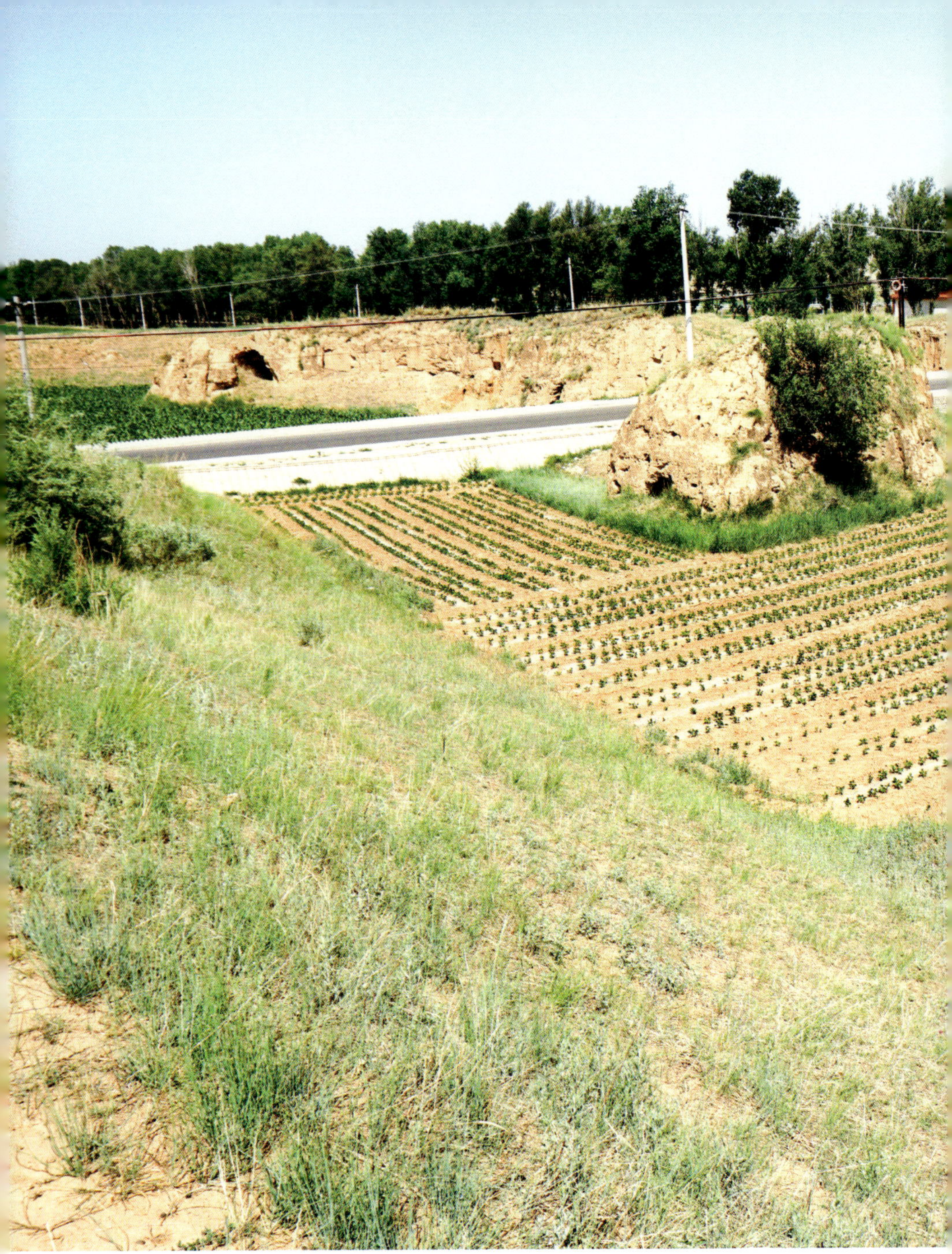

云川卫（大红城古城）北城墙中部城门现状

立的城池。秦朝时期沿袭云中郡建制，汉初分云中郡为东西两部，以西仍为云中郡，治所不变，下辖云中、咸阳等十一个县。东汉末年，社会混乱，云中郡也历经战乱，灾荒不断，直至北魏时期在此设置云中镇，成为驻守阴山南麓的军事重镇。到孝文帝迁都洛阳前，云中郡一直是北魏在北方统治的政治、经济重心。孝文帝迁都之后，由于政治、经济重心的南移，以及战争、灾害等诸多原因，云中郡开始衰落。隋唐时期，朝廷在此地设置了云中都护府等机构强化对这个区域的治理，但秦汉、北魏时期的辉煌终究不再。

云中城地处大黑河畔，水流的滋润使得这个地区拥有发展农业的良好土壤，形成了良好的农

云中郡故城标识碑

牧业发展条件，繁荣时期的云中城可谓是北方政治、军事、经济的重心。自筑城至衰落的近千年中，云中城陆续经历了战国、秦汉、魏晋、隋唐等多个时代的延续使用，它的存在和发展见证了呼和浩特乃至内蒙古地区的悠久历史。

云内州古城是大黑河畔的又一城镇，该古城位于呼和浩特市托克托县古城乡南园子村东北。该古城平面呈长方形，南北约1440米，东西约

云内州古城遗址标识碑

云内州古城南城墙

1240米。东墙和南墙保存较好。城南有辽代残砖塔1座，塔上刻有云内州铭文。云内州古城是辽代云内州所在地，是辽与西夏交通互市的市场之一，金代继续沿用，金朝的生铁自此地大量流入西夏。

在蒙古汗国前期激烈的政治斗争中，战事的需要奠定了云内州的重要地位。云内州管辖黄河东弯道以北的广大地区，隔河与西夏相对，是蒙古汗国进攻西夏的前哨阵地之一。蒙古汗国消灭西夏，直至完成统一以后，元朝时期继续沿用云内州建制。这一时期，统一的政权使得云内州的交通畅通无阻。《长春真人西游记》中记载长春真人丘处机在觐见成吉思汗之后返回时，曾途经云内州到达丰州。元朝时期，云内州的农业、手工业都有很大的发展，《元史》中关于云内等州农业受灾、免其租赋、开仓赈济的记述较多，足以说明这一带农业较为发达。元朝在此还设有织染局，负责纺织印染事宜。此外，元朝在全国设十四个官马道，其中哈剌木连群牧所官马道中就有云内州牧场，场址就设在云内州。《马可波罗行记》中也记载道："（云内州）境内有环以墙垣之城村不少。……州人并用驼毛制毯甚多，各色皆有。并恃畜牧、务农为生，亦微作工商。"

辽金元时期是北方游牧民族统治中国北方的一段历史时期，漠南阴山一带作为统治重心，受到辽金元王朝的高度重视。辽金时期在这里设置州县实施行政管辖，建立军事机构。一方面要防御西边的西夏，管控漠南、漠北的草原诸部；另一方面也要在这一地区发展生产，

镇虏卫东城墙

增强实力。到了元代，这里更是成为"腹里"地区，社会生产得到了极大发展。

靠近水源、交通便利，应当是建立城池最为关键的两个因素。除此以外，城池的建立也是基于军事、政治和社会发展的需要。云中郡和云内州这两座位于大黑河流域的古城，其历史沿革就很明显地体现出了这些要素。

镇虏卫故城遗址标识碑

　　大黑河流域所在的平原成为内蒙古黄河文化的重要富集地区，在这一地区所建立的城镇中，不断上演着一幕幕民族融合、文化交流、人群往来、贸易通商的历史场景，也给我们留下了一笔笔丰厚的历史文化遗产，成为今天生活在这个地区的人民的宝贵财富，也是我们认识历史、认识自身，从而实现更好发展的精神动力。

| 黄河至北

通往草原的直道

在张骞通西域以前，我国中原地区的人们主要通过北方草原地带实现东西交流往来。匈奴崛起以后，这条通道也成为匈奴

麻池古城遗址

进攻中原地区的主要途径。因此自战国、秦汉以来，各统治政权纷纷修筑长城以阻挡匈奴骑兵的袭扰。为保障后勤和军事补给、军情信息的传递，秦朝修筑了北起九原（今内蒙古包头市）到咸阳的"直道"——秦直道。秦直道长达一千八百多里，被称为古代的高速公路。

秦直道古遗址标识碑

　　秦直道虽为防御匈奴修筑，但在事实上进一步加强了中原和北方草原的联系，促进

秦直道遗址博物馆

黄河至北

了中原农耕文化与草原游牧文化的交流与融合。汉代汉匈和解后,秦直道成为双方友好交往的通途,匈奴单于从这条通道入贡朝见汉天子,汉朝使臣由此进入草原地带。著名的昭君出塞的故事中,王昭君就是从这条通道抵达河套,越过阴山去和亲的。

柔然崛起后与北魏冲突不断,草原通道因此断绝。公元552年,突厥首领阿史那土门大败柔然,自称伊利可汗,占领天山南北地带,建立了突厥汗国,旋即控制了汉代开通的河西走廊沟通西域的绿洲之路中段及欧亚草原地带通道的枢纽地段。《隋书》记载:"发自敦煌,至于西海,凡为三道,各有襟带。北道从伊吾,

秦直道遗址博物馆标志性建筑

经蒲类海、铁勒部、突厥可汗庭,度北流河水,至拂菻国,达于西海。""北道"就是隋唐时期的草原之路。北道路线所谓的"从伊吾到蒲类海"即由今哈密越过天山,到巴里坤湖及铁勒部。由突厥可汗庭西进,经乌拉尔山、伏尔加河流域等草原地带,到达拂菻国和西海(今地中海)。

唐代前期,唐朝相继打败突厥、铁勒汗国,迫使漠北草原的游牧部落在回鹘的率领下归附唐朝,唐朝以铁勒、回鹘诸部设置都督府和州,李世民也被草原诸部尊称为"天可汗"。为了沟通草原诸部与唐朝之间的经济文化联系,回鹘等部"请于回纥以南,突厥以北,置邮驿,总六十六所,以通北荒,号为参天可汗道,俾通贡焉"。回鹘诸部首领前往中原朝觐时走的就是这条参天可汗道。这条大道不仅是朝觐之路,还是绢马贸易之路。阴山是参天可汗道的关键节点,唐朝大诗人白居易曾到过阴山,并写有《阴山

黄河至北

道》一诗，诗中讲述了回鹘使者来往频繁、地方官员疲于应付以及绢马贸易的繁荣景象：

阴山道，阴山道，纥逻敦肥水泉好。
每至戎人送马时，道旁千里无纤草。
草尽泉枯马病羸，飞龙但印骨与皮。
五十匹缣易一匹，缣去马来无了日。
养无所用去非宜，每岁死伤十六七。
缣丝不足女工苦，疏织短截充匹数。
藕丝蛛网三丈余，回鹘诉称无用处。
咸安公主号可敦，远为可汗频奏论。
元和二年下新敕，内出金帛酬马直。
仍诏江淮马价缣，从此不令疏短织。

合罗将军呼万岁,捧授金银与缣彩。

谁知黠虏启贪心,明年马多来一倍。

缣渐好,马渐多,阴山虏,奈尔何。

秦直道也好,参天可汗道也罢,都是西部与北部边疆往来的通道,自此之后,丝绸之路向北区域获得了显著扩展。这些通往草原的直道加强了北方草原地区与中原农耕地区之间的联系,促进了中原地区与北方游牧民族间的经济文化交流,对加速民族融合,统一多民族国家和中华民族的最终形成产生了积极作用。

秦直道遗址地表遗存

河畔的十二连城

十二连城城址位于内蒙古自治区鄂尔多斯市准格尔旗十二连城乡。此地位于黄河南岸，紧贴黄河岸边，并与黄河北岸的东胜卫古城隔河相望，在军事、交通、政治和经济往来等方面，有着重要的战略地位。2006年5月，十二连城城址被国务院公布为第六批全国重点文物保护单位。

十二连城遗址包括脑包湾城址和巨河滩城址。脑包湾城址位于十二连城乡脑包湾村东北1.2公里处，巨河滩城址位于巨河滩村西北2.5公里处。这两处城址均位于黄河的南岸，两处城址相距6公里。

脑包湾城址中有五座不同时代的古城

叠压，东南部四座城址为汉代云中郡沙南县、隋唐时期的胜州城、榆溪塞，西北部的砖砌城址为明代东胜右卫古城。

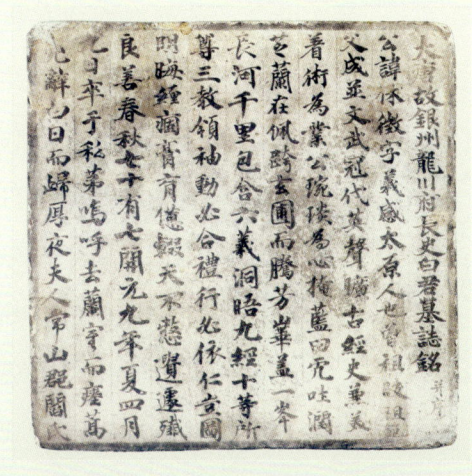

《大唐故银州龙川府长史白君墓志铭》

其中，隋唐时期的胜州城，整体平面呈四边形，周长4387米。城墙夯筑，基宽22.5～33米，残高1.5～2米。南墙设一门、东墙设二门，外均加筑瓮城。城内东部有一道南北向隔墙，中部设门。城西北部有长方形子城，南北长165米，东墙开门。文化层厚1.5～2米。采集有莲花纹瓦当、砖雕佛像、黄绿釉三彩陶片。隋初，阴山南北地带都在突厥的控制之下，隋朝为了防止突厥南下，于黄河河套

黄河至北

的东北角、黄河自西向东折向南流的拐曲处筑城镇守。根据《元和郡县志》记载，隋开皇二十年（600年）设置胜州，治所设在榆林。隋末，胜州人郭于和自立反隋，将胜州城献给东突厥汗国，向突厥称臣纳贡。唐初，胜州为地方割据势力梁师都占据。贞观三年（629年），唐朝派兵平定了梁师都，于次年重新设置胜州。唐末，胜州城为西夏所占据。916年，辽太祖率兵西征突厥、吐谷浑、党项、沙陀突厥诸部，大胜东还，将胜州民众强行迁移到黄河东岸唐东受降城址，并将之命名为东胜州。自此，胜州城便成为一座空城。

黄河岸边的古城墙

西北角的东胜右卫古城是明代东胜卫城的附属卫所。明朝初年，在东胜州城址设置了东胜卫，不久又将东胜卫扩大为左、右、中、前、后五卫。东胜右卫和东胜左卫控制着黄河上的交通，成为明朝在北部边境地带的军事前哨阵地，对黄河两岸地区起到联动的防御作用。然而由于明朝军事实力南移，只能据守长城一线，东胜右卫城建成后不久便成为废墟。因其存在的时间短，且只是军事性质的边防城，因此未留下很多的遗物。

东胜右卫古城平面呈四边形，东、西墙分别长237米和191.3米，南、北墙分别长475.5米和459米，城内中部有道南北向隔墙。城墙砖砌，基宽15米，残高1~6米。东墙中部设门，外加筑瓮城。东北、南北墙外侧均筑有马面。城内文化层厚约1.5米。采集有花纹砖滴水、瓦当等。

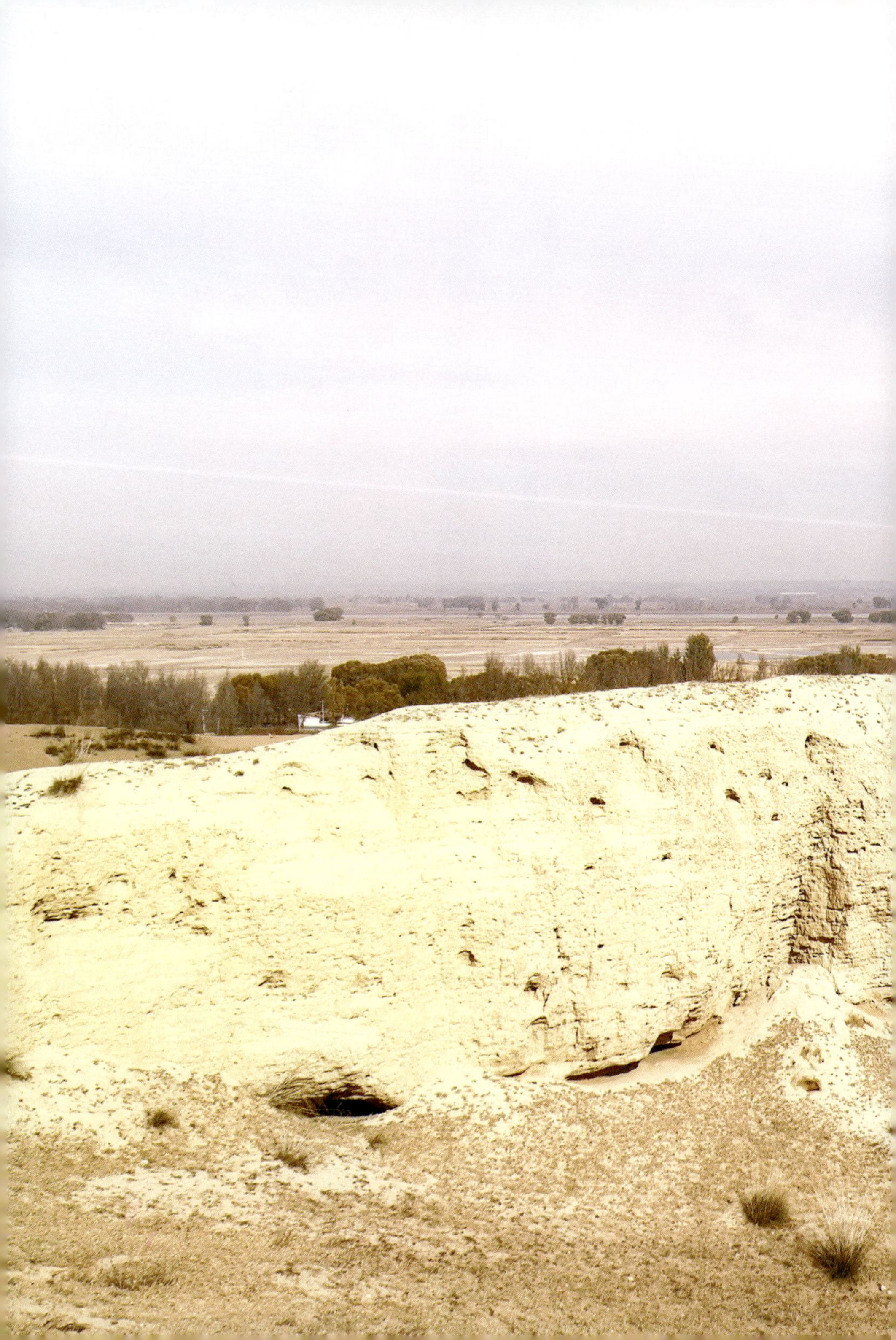

巨河滩古城内城墙遗址

有学者据《元和郡县志》推测，巨河滩古城可能为唐代河滨县城，但也有人认为河滨县古城在今托克托县前双墙村东500米的台地上。又据《辽史·地理志》推测，巨河滩古城也应是辽代河清军的驻军城。此城位于山坡之上，依山势修筑，西高东低，平面呈长方形，东西长480米，南北长360米。表面覆盖有流沙，城墙高出地表1～3米。东、西墙中部设门，西城门外加筑瓮城。城墙外筑有马面。西北、西南角有角楼址。在城墙外150～250米处，有一道高出地表约1米的土垄，呈圆弧状包围城北、西、南三面，

十二连城故城内废弃的黄河抗汛防汛指挥部旧址

十二连城遗址标识碑

为羊马城，可能为辽代所筑。地表散布有唐、辽、金代遗物。

十二连城城址中包含了汉代至明代的多座古城，这些古城既有军事性城堡，也有县治所在地，不同时代的古城交错叠压，后代沿用前代，却又有所增筑、扩展和修葺，城垣废弃后地表看到了许多城墙遗迹，后世百姓认为此地古城众多，共有十二座城，城城相连，故称其为"十二连城"。

黄河至北

草原石窟阿尔寨

　　中国石窟寺分布广泛、规模宏大、体系完整，集建筑、雕塑、壁画、书法等艺术于一体，是中华文化遗产的重要组成部分。2020年11月，国务院办公厅印发《关于加强石窟寺保护利用工作的指导意见》，石窟寺的保护和利用引起社会广泛关注。位于内蒙古鄂尔多斯市鄂托克旗蒙西镇的阿尔寨石窟，是中国长城以北唯一的草原石窟群。传

阿尔寨石窟

说这里曾有108眼石窟,故又名"百眼窟"。"阿尔寨"是蒙古语,意为"平地凸起的地方"。石窟开凿在一座孤立的圆形红砂岩小山的峭壁上,占地面积约165万平方米,窟内保存有内容丰富的壁画。

由于不见于史料记载,阿尔寨石窟一直不为人所知,20世纪80年代被发现之后,文物工作者对其进行了多次发掘和维护。2003年,阿尔寨石窟被增补入第五批全国重点文物保护单位。经过多年研究,学界对其断代基本清晰,但对石窟的建造过程和建造者几乎一无所知,这成为阿尔寨石窟最大的谜团。阿尔寨石窟现存洞窟65座,保存较为完整的有43座。崖壁上还有覆钵塔浮雕22处、楼阁式佛塔浮雕1处。洞窟不规则地分布于岩壁上、中、下三层,均为方形,规模有大、中、小三种。大洞窟只有一处,位于南壁正中,门外有台阶,可直达山下和左右其他洞窟。中型洞窟约30平方米,高

2.5～3米，前壁正中为拱形门，后壁正中为主佛龛，左右侧壁有两排对称佛龛。小型洞窟约10平方米，高1.5～2米，无佛龛，壁上绘有彩画，剥落比较严重。目前在13个洞窟中残留壁画近300平方米，壁画题材主要是佛像和佛教故事，也有描绘世俗人物供养、祭祀、舞蹈、礼佛的内容。在壁画上发现的藏文题记和回鹘蒙古文榜题较多，内容多为赞礼佛的颂诗。

阿尔寨石窟最早建造于什么年代？有学者指出，一些洞窟建筑有中心柱，这种形制是北魏石窟典型的建筑风格，即使不是北魏时期开凿的，也是受到了北魏石窟的影响，这反映了阿尔寨石窟与中国其他石窟艺术的交融。多数学者认为，阿尔寨石窟最早开凿于西夏时期，八瓣莲花藻井是西夏最具代表性的石窟装饰元素。石窟外崖壁浮雕的覆钵塔也为断代提供了依据。浮雕石塔中，还有一座楼阁式13层塔，塔高1.6米，造型与北宋、西夏时期的塔相同。然而，让人不解的是，在有这么多西夏元素的石窟中，竟然没有一处西夏文字出现。但在阿尔寨石窟以北的阴山岩画上有不少西夏文，在内蒙古额济纳旗元代黑城遗址也有大量

阿尔寨石窟壁画《西夏官兵渡河图》

阿尔寨石窟壁画《西夏武士引弓舞乐图》

西夏文佛经、文书出土。从壁画和出土文物来看，阿尔寨石窟的鼎盛时期在元代，但壁画中并没有元代官方文字八思巴文出现。2003年，鄂尔多斯博物馆组织专业团队对阿尔寨石窟进行抢救性发掘，出土了5幅完整的元代唐卡。这些唐卡保存至今仍颜色鲜艳，被鉴定为国家一级文物。2005年，专业团队又对第66号、第67号窟进行抢救性考古发掘，出土了元代铜灯、铜碗、金刚陶范等文物。

  部分石窟壁画中绘有元代社会生活和战争、狩猎等场景。第31号窟西壁所绘网格式六道轮回图，夹杂着蒙古族原始宗教、社会风俗等元素，还表现了早期蒙古族"刳木为棺"的丧葬习俗。第31号窟的各民族僧众等礼佛图，描绘了蒙古、藏、汉各族僧众聚集聆听萨迦派大师讲授佛法的场景，反映了元代民族和宗教融合的情况。第28号窟一幅壁画描绘了一个地位尊贵、接受众人跪拜的大家庭，有学者推测这是成吉思汗家族受祭图。画中共有大小人物上百人，分为4组，受祭的人物有8人，其中一位身材魁梧、身着蒙古族礼服的男子，被认为是成吉思汗。

根据史料分析，阿尔寨石窟所在地区可能是成吉思

阿尔赛石窟浮雕佛塔

汗大军从漠北南下进攻西夏的行经之地，成吉思汗很可能曾经驻跸在阿尔赛一带。蒙古族现存最早的历史文化典籍《元朝秘史》记

载:"冬,间于阿儿不合地面围猎,成吉思汗骑一匹红沙马为野马所惊,成吉思汗坠马跌伤,就于搠斡儿合惕地面下营。"这段记载是说成吉思汗出征唐兀（西夏）时,途中曾在阿儿不合（阿尔巴斯山）狩猎,骑的马被野马撞击受惊,成吉思汗坠马受伤,于是就在"搠斡儿合惕"停下来养伤。有学者考证,"搠斡儿合惕"的意思是"多眼窟",可能就是阿尔寨石窟。

明代阿尔寨一带佛教活动再度兴旺,这与阿勒坦汗在蒙古地区引入藏传佛教格鲁派有直接关系。阿勒坦汗带领的土默特部与明朝达成朝贡互市协议,明蒙双方实现了一段较长时间的和平交往,土默特部因此实力不断增强,成为蒙古右翼的首领。阿勒坦汗征服青海后,将藏传佛教格鲁派引入蒙古地区。据说格鲁派高僧二世迪鲁瓦曾在阿尔寨修建寺庙。在石窟上面山顶平坦处，发现了大型庙宇建筑遗址，该遗址有火焚迹象。寺庙大概毁于林丹汗西征鄂尔多斯的战火中。

阿尔寨石窟是草原上独具特色的宗教艺术殿堂，也是广义的黄河文化区域内一处重要的历史文化遗存。2019年，阿尔寨石窟修复保护工程启动，开展了数字化信息采集、壁画修复以及窟门更换、地面硬化等工作。这次全面维修保护将使阿尔寨石窟更加稳固、安全，同时也将推进相关学术研究和成果的普及运用。

水陆驿站燕家梁

黄河至北

　　燕家梁遗址位于内蒙古包头市九原区麻池镇燕家梁自然村南侧的台地上。遗址大体呈南北稍长、东西略窄的长方形，面积较大，南北长700米，东西宽570米。经过多年考古调查和发掘可知，燕家梁遗址是一处元朝时期的大型聚落遗址。1995年，燕家梁

遗址被公布为包头市第一批文物保护单位；2006年，被公布为第四批内蒙古自治区文物保护单位；2013年5月3日，被国务院公布为第七批全国重点文物保护单位。

燕家梁遗址于20世纪50年代由内蒙古文物考古工作者开展文物普查时发现。1998年，包头市文物管理处曾经对燕家梁遗址进行小规模试掘。2006年，内蒙古文物考古研究所和包头市文物管理处对这处遗址进行了大面积考古发掘，共发现灰坑517个、灰沟36条、房址222座、

黄河景观

窖藏29个、窖址4座、地炉32座、灶4个、墓葬2个、乱葬坑4个、道路7条、铜钱约4万枚，出土元代瓷、铜、铁、陶、骨、玉等不同质地的各类器物万余件。考古工作者经过发掘和研究发现，遗址

燕家梁遗址出土的八思巴文墨书瓷器残片

整体布局规划得当，200余座房屋遗迹大多分布在街道两侧，街道布局比较规整，街道两侧靠边设有排水沟。遗址内还出土有许多馆肆、店铺类墨书。此外，遗址内还出土有青花和釉里红瓷器、龙纹瓦当、青铜祭器等具有身份等级象征性的贵重器物。包头一带在元代属大同路云内州管辖，云内州在辽、金时期就有设置，元代沿用，从遗址规模上

看，燕家梁遗址可能是元朝时期云内州的一个镇。

燕家梁遗址位于黄河流域内蒙古段的核心地带，地处阴山山脉大青山和乌拉山分界的昆都仑河谷南口，向北通往阴山北部草原，交通便利，是沿黄河交通要道上的一处非常重要的节点。元代从东胜州（今内蒙古托克托县）至应里州（今宁夏中卫市）设置了水驿，燕家梁遗址应该是当年重要的水驿之一。从东胜州经亦集乃路（今内蒙古额济纳旗）到哈喇和林的陆驿也经过这里。据此推测，驿站的设置及交通的便利使燕家梁逐步成为蒙元时期一座繁华的市镇。燕家梁遗址内中原及南方一些窑系瓷器的大量发现，反映了元代北方草原地区与中原和南方地区商贸

燕家梁遗址出土的琉璃香炉

黄河至北

燕家梁遗址出土的青白瓷狮子摆件

往来的频繁，说明燕家梁遗址是元代连接漠北地区与中原和南方的一处重要的水陆驿站，是沟通东西方、中原与漠北地区的重要据点。

燕家梁遗址出土的元代青釉盘

燕家梁遗址地理位置优越，这一地区在元代以前就是繁华的交通要道，也是东西南北人员往来、物资聚集、文化交汇之地。距离燕家梁不远处的麻池古城，经过考证认为是战国、秦朝时期的九原郡，是秦朝时期著名的"高速公路"秦直道的起点，也是汉代五原郡郡治。可见，这个地区自古以来就是沟通东西南北的十字路口，到了元代依然有繁华的市镇和驿站。

这一地带地势平坦、道路便利畅达，靠近黄河，水源充足，非常适宜人类形成较大的聚落在此繁衍生息，同时也更加适合在此地开展商贸往来，进行物资交流。在大一统王朝的时代，这里作为大一统王朝有效控制的区域，中央政府会采取有力的措施加强这一地区与中原、首都等核心地区的交流和联系。尤其是秦朝修建了"直道"，秦汉在此设置郡县。元朝时期这一带更是有着畅通的驿路系统，同时元朝时期这一地区是当时的"腹里"地区，这一带的屯田、驿路、水旱码头等都非常发达。清代、民国以来，包头作为近代商贸和工业城市逐渐兴起，这里仍然是其经济社会发展的核心地区。

通过梳理历史发展脉络，我们能够看到一个地区的纵向的历史发展进程，回望昨天是为了更好地认识当下，是为了更好地走

元代北方黄河沿岸的水陆驿站——燕家梁遗址标识碑

向未来。借由燕家梁遗址的前世今生，我们能更直观地认识内蒙古黄河流域的历史发展，认识到地理位置、历史条件、政治因素等对于一个地区发展的重要影响，从中汲取前行的力量。

黄河至北

归化城佛教召庙

内蒙古呼和浩特市位于阴山山脉大青山段南麓、黄河与其支流大黑河冲积形成的土默特川上。历史上这里是控制河套地区，进而连接河西走廊的重要节点，同时也是通往西域和北上漠北草原的重要基地。明末清初形成的万里茶道，这里是驼路的起点。从归化城出发的驼队，穿过沙漠、戈壁和草原，远赴今蒙古国、俄罗斯等地。

特殊的战略地位和自然条件，让历史上诸多政权选择在这一带建城屯守。最早在这里建城的是赵武灵王，他在今天呼和浩特市的托克托县修筑了云中城，成为呼和浩特地区乃至整个北方草原地区建城的最早记录。

大召

秦汉时期云中一直是这一带的地方政治与军事中心。到北魏初期还在今呼和浩特市和林格尔县修筑了都城，就是今天的盛乐古城遗址。辽代在今呼和浩特新城区修建了丰州城，金元时期丰州城继续沿用。明初曾在今呼和浩特托克托县修筑东胜卫城，东胜卫城也称"黄城"，其东约30公里处的镇虏卫城称"黑城"，又东去30公里处的云川卫城称为"红城"，这些都是明初在我国北部相继建起的

归化城佛教召庙

83

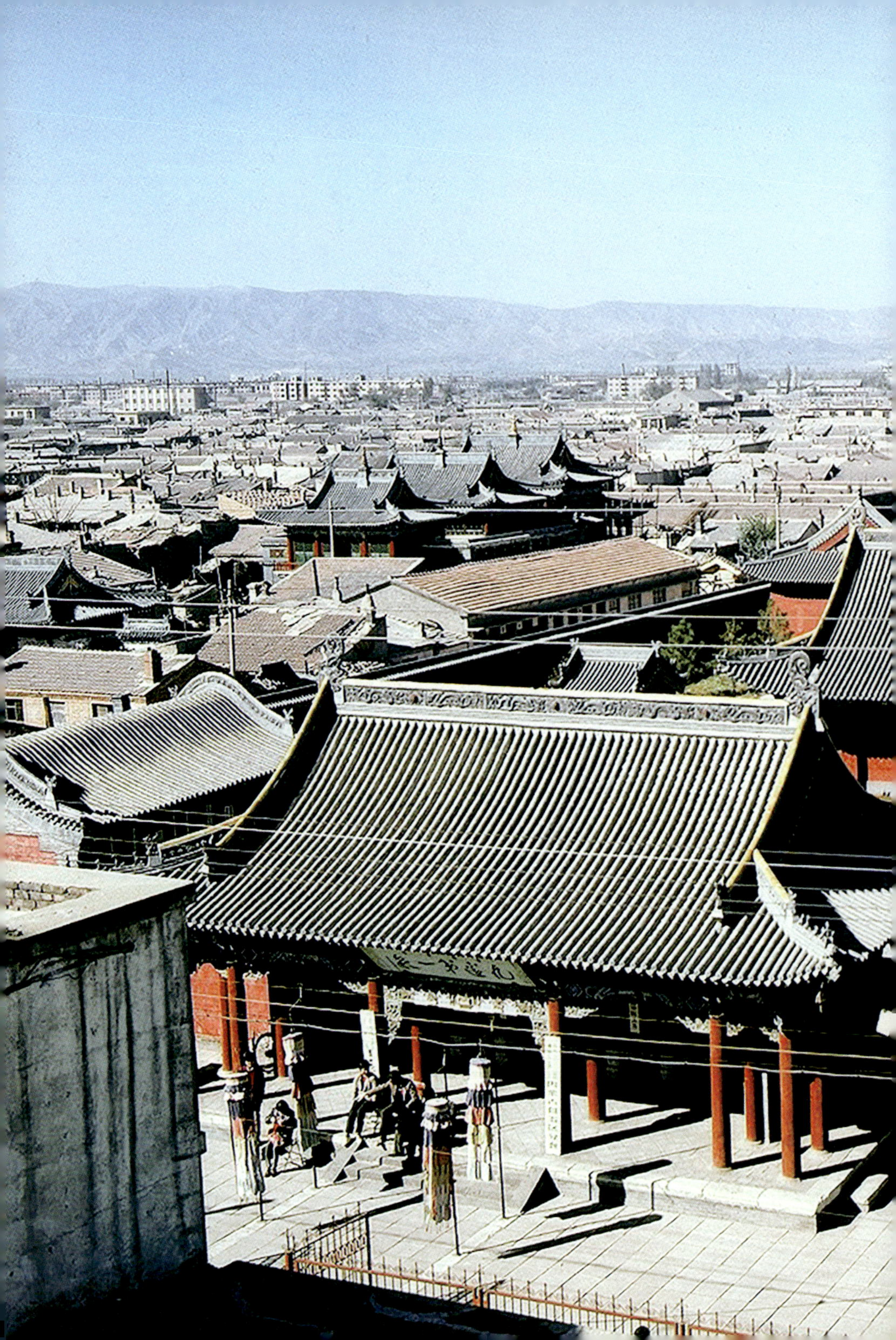

大召鸟瞰图

美岱召城楼

卫城。明长城修筑后，明朝的军事防线收缩，这些卫城先后废弃，蒙古土默特部遂移牧土默川。

土默特部驻牧于漠南，紧邻明长城防线。明朝中后期，漠西蒙古势力大增，蒙古诸部的平衡被打破，加上明长城防线的封锁，土默特部的生存空间更显局促。为改变困局，土默特部首领阿勒坦汗（又称俺答汗）与夫人三娘子开始寻求与明朝议和，后来就有了著名的"隆庆和议"。自此，明蒙之间开展互市贸易。阿勒坦汗在今天大青山下的呼和浩特玉泉区修建了归化城作为自己的王城。归化城整体用青砖

归化城佛教召庙

建成，规模浩大，蒙古语称为"库库和屯"，后写作"呼和浩特"，汉语意为"青色的城"，因此呼和浩特又名"青城"。清初，准噶尔部势力强大，对其他蒙古部落构成威胁，为保障西北军需，稳定西北局势，雍正、乾隆时期在归化城东北修建了绥远新城。今天的呼和浩特正是在归化城和绥远城的基础上发展起来的现代化都市。

为加强统治，阿勒坦汗引入藏传佛教格鲁派，此时的格鲁派在藏地初兴，也需要蒙古势力的扶植。明万历七年（1579年），阿勒坦汗修建了藏传佛教寺院，明朝赐名"弘慈寺"（清代改为"无量寺",蒙古语称"伊克召",汉译为"大召",因为寺内供奉一座银佛,又称"银佛寺")。这之后,万历九年(1581年),明政府批准了阿勒坦汗建归化城的请求,因此民间流传着"先有大召,后有归化城"之说。万历十四年(1586年),应阿勒坦汗之子僧格都棱汗的邀请,三世达赖(前两世

乌素图召——庆缘寺

五塔寺

达赖为追封）索南嘉措来到呼和浩特，并为大召银佛举行了隆重的开光法会，大召从此声名远播。两年后，索南嘉措在今内蒙古地区去世，阿勒坦汗的曾孙被认定为三世达赖的转世灵童，成为四世达赖，名为云丹嘉措，是达赖活佛转世体系中唯一一位蒙古人。五世

五塔寺内保留的蒙古文天文星座图

达赖罗桑嘉措（第一位受清朝册封的达赖）入京朝见顺治皇帝的途中曾在大召居住，因此在大召供奉有三、四、五世达赖。

清初，察哈尔部林丹汗曾占领归化城，皇太极率兵攻打林丹汗时焚毁了归化城，大召受到了严重的破坏。清崇德五年（1640年），皇太极命令土默特都统禄格楚库尔重新修缮大召，竣工后赐名"无量寺"，进一步提高了大召的地位。康熙三十五年（1696年），康熙征战噶尔丹胜利后，于归途抵达呼和浩特，亲自到大召拈香礼佛，并升大召为"帝庙"，大召的政治声望空前提升。在康熙平定噶尔丹期间，大召呼图克图（活佛）叛降噶尔丹，康熙在大殿宝座上供奉"当今皇帝万岁金牌"，不再设呼图克图座位，只设扎萨克喇嘛。此后，每年的正月初一日，当时的绥远将军、土默特都统等文武官员，都要来大召进香及朝拜万岁龙牌，平时官吏途经大召的时候，文官要下轿，武官要下马，适逢皇帝或皇后驾崩也要在这里举行集体的哭丧，这种制度一直延续到清末。

清朝末年，大召已经非常破旧，佛像壁画剥落不全。1904年，大召的扎萨克喇嘛募缘维修大召，这是解放前最后一次修缮。此后大召经历了连续的破坏，直至中华人民共和国成立后才对大召进行了修复。

　　如今的大召已被国家旅游局评定为"国家3A级旅游景点"、自治区重点文物保护单位。大召向我们展示了内蒙古地区宗教生活与民族团结现状，是内蒙古地区各民族交往交流交融的历史见证者，是向中国和世界展示草原都市精神风貌的窗口。

和硕恪靖清公主

和硕恪靖公主是康熙皇帝的第六个女儿,因其在康熙皇帝众多有封号的女儿中排行第四,所以也称四公主。和硕恪靖公主生于康熙十八年(1679年),康熙三十六年(1697年)受封和硕恪靖公主,下嫁喀尔喀蒙古土谢图汗部第三代土谢图汗博尔济吉特氏敦多布多尔济。雍正二年(1724年)晋固伦恪靖公主。雍正十三年(1735年)三月十二去世,时年五十七岁。和硕恪靖公主去世以后归葬漠北,公主陵位于今蒙古国乌兰巴托东面的肯特山。另据《公主府志·陵墓编》记载,今蒙古国乌兰巴托城南土拉河北岸的汗山为土谢图汗部的葬地,立有"恪靖公主神道碑记",现在在蒙古国乌兰巴托国家历史博物馆还保存有和硕恪靖公主册封的金册。

  康熙中前期,漠西蒙古准噶尔部崛起,进攻漠北、漠南,威胁清朝。为此,康熙在平定三藩之后,开始着手解决蒙古问题,采取"巩固对漠南蒙古的统治,统一漠北喀尔喀蒙古,集中力量打击漠西蒙古噶尔丹"的策略。漠北蒙古又称喀尔喀蒙古,分为扎萨克图汗部、土谢图汗部、车臣汗部。雍正朝时又增加了赛音诺颜部,因此清代习惯称其为喀尔喀四部。其中,土谢图汗部为喀尔喀四部之首,势力最强,出自土谢图汗部的一世哲布尊丹巴既是察珲多尔济汗之弟,又是喀尔喀宗教首领,政治影响极大。清政府要控制喀尔喀蒙古,必须首先笼络土谢图汗部。清朝时期,清政府对蒙古各部落采取的是"满蒙联姻"的怀柔政策,以此来拉拢蒙古贵族阶层,以期对蒙古各部实行有效的管辖和治理。基于此,康熙皇帝将和硕恪靖公主嫁给了喀尔喀蒙古土谢图汗部第三代土谢图汗博尔济吉特氏敦多布多尔济,也是出于此意。

  当时,受到和亲的诏命之后,和硕恪靖公主胸怀

和硕恪靖公主府远景

"各民族和善"的大志，带着随从数百人从京城出发向塞外行进。当她走到清水河县（清代称清水营）时，被这里的自然景色所吸引，先后在口子上村和岔河口村逗留了数月。当地的百姓得知和硕恪靖公主到来，万民欢呼，并为她立碑数座以示敬仰。如在岔河口村的河边所立的《四公主德政碑》，碑阳为"四公主千岁千岁千千岁德政碑记"，碑阴刻写

"经理岔河口农务蒋世隆候选知州张养远首领庄兴祖黄忠子天保公主府侍卫协理岔河农务事长生禄位碑佟守禄"，"康熙六十年仲夏吉旦喇嘛湾栅稍塌城嘴梁岔河口朝天壕清水河脑包梁榆树湾众牛犋公立"。

之后，和硕恪靖公主一行又继续北上，但因北部战事频繁，漠北喀尔喀蒙古部仍在紧急备战，和硕恪靖公主决定暂时不再北上。她率领随从沿浑河、清水河向东北上行至今清水河县城关镇。行至此，和硕恪靖公主便决定在此地留居，于是奏请康熙皇帝拨良田万余亩，并修建官邸。和硕恪靖公主在这里生活了九年，一直到康熙四十五年（1706年），才迁居归化城（今内蒙古呼和浩特市），并在归化城建立府邸，长久定居下来，一直到去世。清水河县城关镇的公主府在和硕恪靖公主去后，就人去园空，逐渐荒芜，现在已没有明显的建筑物了。但是，以公主花园命名的一条小巷——花园巷，被清水河县城关镇的居民沿用至今。呼和浩特市的公主府至

清水河县岔河口村的四公主德政碑

清水河县口子上村保留的　　　　　　清水河县口子上村保留的
四公主德政碑正面　　　　　　　　　四公主德政碑背面

　　今仍保留完整，也是我国国内唯一保留完整的清代公主府邸。2001年，公主府获批全国重点文物保护单位。
　　和硕恪靖公主下嫁后，一直以各族和好为己任，

清水河县口子上明代长城墙体

多有善举和利民措施，清水河县曾发现四通公主的"德政碑"，其中一块功德碑上记载着她的善行："自开

垦以来，凡我农人踊跃争趋者，纷纷然不可胜数"，"实公主之盛德所感也"。这里指的就是公主暂住清水河期间，曾圈地4万余亩开垦种地，吸引了杀虎口外大批汉民前来垦殖，连年丰收之事。

和硕恪靖公主下嫁后，喀尔喀诸部没有再起内讧，喀尔喀三部全体内附，促进了蒙古各部与中原的文化、经济交流发展。历史上对和硕恪靖公主有很高的评价："外蒙古二百余年，潜心内附者，亦此公主。"和硕恪靖公主是满蒙联姻的优秀实践者，与历史上的王昭君、文成公主等一样，都是民族友好的使者，是真正的"草原巾帼"。

黄河至北

南海子渡口码头

　　200多年前，包头还只是黄河边上一个不知名的小村子。因为黄河的一次改道，造就了包头这个新的黄河码头。道光三十年（1850年），黄河改道，托克托西南的河口渡口被黄河水所淹没，同样作为渡口的包头南海子开始兴盛起来。作为包头地区的重要黄河渡口和河运码头，南海子承担着南来北往的运输和贸易重任。大批货物和物资从甘肃向北，经过黄河水道运输，到达南海子渡口，再通过包头、归绥铁路向东运输。

　　19世纪40年代，在中俄边贸城市恰克图，茶叶已位列中国对俄贸易商品的首位。茶叶贸易的繁荣，源于草原民族对茶叶的巨大需求。茶叶热销草原的同时，大批皮毛物资运往中原，一些地理条件优越的黄河码头成为南北货商云聚之地。伴随着万里茶道上国际贸易的繁荣，包头逐渐发展成为中国西北地区著名的皮毛集散地。大量中原地区的茶叶、烟草、棉布等物品在这里汇聚，被运

北梁三官庙传统街区标识碑

南海子渡口码头

往草原腹地售卖，换回皮毛、羊、骆驼等，再销往中原。

内蒙古西部地区流传着一种说法，即"先有复盛公，后有包头城"。清代，长城内居民称杀虎口为"西口"，张家口为"东口"。出杀虎口进入西北草原地带后，

古渡南海景区一角

往西可通宁夏、青海、新疆，往北则可进入蒙古腹地。大漠草原的广阔市场和万里茶道上的财富故事，吸引了山西、陕西等地大批百姓到"口外"谋生，民间称之为"走西口"。包头因为有南海子黄河码头，成为"走西口"的理想目的地之一。

在无数"走西口"的故事中，山西祁县人乔贵发的经历堪称传奇，他是晋商乔致庸的祖父。乔贵发于乾隆二十年（1755年）前后来到包头，靠为军队和商旅提供草料、大豆等物资起家，后经营货栈，为旅蒙商提供货物、饮食、住宿，建立了"广盛公"商号。广盛公在生意兴旺时因投资失利遭遇重创，一度濒临破产，重新崛起后更名为"复盛公"。乔致庸接手乔家的生意后，建立起以复字号为品牌的商业集团。复字号经营范围十分广泛，涉及茶业、绸缎、药材、皮毛、粮食、典当、估衣、钱业等领域。乔致庸经商重信义、不唯利是图，管理上重视人才、知人善用，为乔家生意的持续兴盛奠定了基础。

商业的发达带来了人口的集聚和城镇的发展。嘉庆十四年（1809年），萨拉齐理事通判厅将巡检衙门迁到包头，包头村改为包头镇。同治九年（1870年）前后，包头围绕以乔家商铺为核心的商业街区修筑城墙。这是包头最早的建城史，民间因此流传"先有复盛公，后有包头城"。

包头城内有多座宗教建筑，反映了当时多元文化的汇聚。晋商喜奉财神和关公，财神庙、关帝庙是他们常去之所。福徵寺是当地蒙古人信奉的藏传佛教寺院。清真寺则是来自陕甘、宁夏等地回族民众的宗教场所。

为了满足当地居民和来往客商食用蔬菜

南海湿地景区入口处

的需求，城东南龙王庙一带建起了多座菜园，甚至还发展出专门的行会组织——"园行"。乔家的复盛园是包头规模较大的菜园。在现存的一份光绪年间的碑刻资料中，还有复盛园参与集资重修龙王庙的记载。

作为一处具有深厚历史文化底蕴的黄河古渡口，南海子渡口码头在包头城市历史上占有举足轻重的地位。南海子一带由于有了频繁的商贸往来而聚集了大量的人口，在这一带形成了许多村落，民众聚集在这里生活，逐渐发展了民间民俗文化，还传承了很多包头地区乃至内蒙古黄河文化区的民间艺术，比如与渡口、河运密切相关的"跑旱船""龙灯舞"，南海子的河路、渡口老船工传承了这一艺术形式。南海子渡口及其黄河地段是内蒙古黄河文化内涵集中、特征显著、传统和现代结合紧密的一处典型景观区，在这里既有黄河河道变迁、地形地貌演变的自然地理历史，又有渡口与商贸兴衰、人群聚集和

黄河至北

文化交融的社会史，是典型的黄河文化集聚区，值得我们身处其中，慢慢领会、体味。

如今，因为河道变化，南海子一带已经成为一片滩涂湿地，当地政府在此设立了南海子湿地自然保护区。南海子湿地自然保护区位于内蒙古包头市城区东南边的黄河

之滨，占地面积 2992 公顷，其中水域面积 713 公顷，国家湿地公园占地 1328 公顷，湿生草地面积 1664 余公顷。南海子湿地自然保护区集旅游观光、生态休闲、科普宣传于一体，目前是国家 AAAA 级旅游风景区和自治区级湿地自然保护区。

内蒙古南海子湿地自然保护区

河东的历代古城

流经内蒙古境内的黄河，在历史上多次发生改道和水量的变化，从而不断改变着这一地区的面貌。水量和河道改道影响了这里的自然生态条件，因此在不同的历史时期，人们会选择不同的居住地，虽然都在河边，但位置却各有不同。其中，河东一带有众多历史遗存，例如，蒲滩拐古城、拐上古城、城嘴城址、河滨县古城等。

蒲滩拐古城位于内蒙古呼和浩特市托克托县中滩乡蒲滩拐村西约1公里处，此城平面呈长方形，南北长375米，东西长350米。城墙为黄土夯筑，现存东墙、南墙东段和北墙的东段，基宽5～6米，残高2～3米。

经考证认为，此城是汉代云中郡阳寿县故城。

拐上古城位于呼和浩特市清水河县喇嘛湾镇拐上村东侧，位于村东山梁的西坡，城址平面呈"彐"形，现存有北墙、东墙和南墙，均为黄土夯筑，西面以河为屏障。北墙长572米，东墙依山就势，折为三段，总长583米，中部开有一座城门。南墙依山就势也折为三段，总长450米。城内中部有一道大概呈东北—西南走向的隔墙，长400米，将城址分为南北两城。隔墙东部有城门。城址存有马面和角楼遗址。根据调查研究发现，这座古城没有修筑西城墙，因为西面以黄河为天然屏障。根据考古工作者的分析研究，认为该古城主要的使用时代是战国到西汉时期。《史记·匈奴列传》《汉书·高祖本纪》中有"以河为固""缮河上塞"等记载，是以关津为据点修治障塞，用以驻守，据此，此处应该是一处比较重要的渡口。

城嘴城址位于内蒙古呼和浩特市清水河

县小缸房乡城嘴村西侧，北面距离浑河入黄河口处约1公里。城址平面呈不规则长方形。东、南、北三面筑墙，西面以断崖为屏障。在此城内发现有新石器时代龙山文化遗存、夏代遗迹、战国以及汉代文化遗存。有学者认为此城为汉代定襄郡桐过县故城。

辽金河滨县古城位于内蒙古呼和浩特市托克托县中滩乡前双墙村北500米的台地上，根据《辽史·地理志》《金史·地理志》的考证，认为此城是辽代东胜州下辖的河滨县治所在地，是金代东胜州下辖的宁化镇城，元代废弃。此城平面呈方形，边长220米，南北走向。城墙均为黄土夯筑，基宽3~5米，残高1~2米。从部分坍塌断层上，能够清晰地看到夯层痕迹，为一层黄土一层浅灰土交错相间夯筑而成。古城的东墙、南墙和西墙正中均开有1门，外加筑瓮城。此城名为"河滨县"，顾名思义就是地处黄河之滨，从此城修筑的地理位置来看，当时黄河

河滨县古城南城墙

黄河至北

河岸应当位于双墙村、前双墙村附近的河岸冲击断崖处。因此处恰好是黄河"几字弯"大拐弯处,黄河在这里从西东流向转而改为北南流向,因此具有较强的冲击力,在这一带产生了非常宽的冲击面。而且,此处还是大黑河注入黄河的入口,水量骤然增加。上述因素叠加在一起,造成这一带产生了一片

河滨县古城墙清晰的夯层结构

较大的由河水冲击形成的广阔的条状冲击地带，在冲击地带的边缘形成了断崖。而河滨县古城与东胜州（明代的东胜卫城）都修筑在这个断崖东侧的平地之上。此外，在清代和民国时期获得繁荣发展的河口古镇，就位于河滨县古城以西1公里处的黄河岸边，这一带在古代还是黄河的河道，而到了近代以来，黄河水量减少，河道变窄，遂在河滩平地上出现了大量的民居聚落，古渡口繁荣起来，出现了贸易通商，也产生了近代以来的颇具黄河特色的民间民俗文化。

　　黄河沿岸的历代古城承载着这段黄河独具特色的精神文化，世代相传，为黄河文化乃至中华文明增添了丰富的内容。人类社

浑河河谷

会历史的变迁，与大自然的鬼斧神工息息相关，人生活于自然之中，必须要认识到生态环境的变迁对于人类社会的重要意义。沧海桑田都隐藏在历史的变迁之中，对历史文化遗产的考察，就是要对过去的历史刨根问底，对过去的历史充满好奇、充满激情。只有知道过去的历史，才能够回答今天的发展问题，才能够找到未来的方向。

"乌海走廊"党项人

黄河至北

20世纪70年代,考古工作者曾经在黄河进入内蒙古地区的第一站——乌海地区发现一处西夏时期的墓地,在墓地中发现了一通残碑,后来被考古工作者命名为《参知政事碑》。《参知政事碑》为我们提供了目前乌海地区唯一一份与西夏历史有直接关联的文字史料证据。

这处墓地位于乌海市海南区黑龙贵煤矿附近(现在墓葬的所在地被划归鄂尔多斯市鄂托克旗管辖)桌子山南端西麓的台地上。当时地表上残留的遗存有三座小石狮子,一对石羊,一对石马,三座文臣石像(断残,缺一上身、一下身),三座武将石像(断残,缺一上身),巨大兽形碑座(被近人炸毁成前后两半),侧卧一残碑,另有葵花纹柱础一,石柱一,碑座近旁散落有龙身纹碑额残块。其中，最具文献价值的是带有文字的一通残碑，残碑仅存中段，上下均缺。陈国灿先生对这块碑文进行了详细考释，根据内容可知这是一通记功碑，立于墓葬地表，原有碑座，推测立碑时间是在天盛七年（1155年）七月三日。通过解读残碑信息可知，此墓的主人是西夏党项人，曾任容州团练使，还可能担任过观察使或

西夏窖藏出土牡丹纹酱釉剔花瓷瓶

"乌海走廊"党项人

观察使下的某个职位,而其最高职位是"参知政事",在西夏属于上层官僚贵族。这位高官去世之后,归葬在这一带,说明这里很可能是其"族帐故里"之地。可见,西夏时期的乌海地区与党项大族有着千丝万缕的关系。

乌海地理区域狭长,其所处的狭长地带恰好处于蒙古高原与黄土高原的交界地带,黄河刚好将这两大地理单元分割开来,这一区域是农耕与游牧的交错地带。从地理位置来看,乌海地处宁夏平原向北至河套

西夏人物石雕像

西夏石碑

平原的交通要道上,从宁夏石嘴山市惠农区城区向北,开始进入狭长的黄河谷地,向南则进入了宁夏川广阔的平原地带,这个狭窄的口子就是石嘴子。正因如此,乌海在历史上主要是扮演了一个"通道走廊"的角色,如蒙古征西夏、西夏的边疆防御、元朝时期的驿道交通和行政建制等,都明显体现出乌海地区的这一角色特征。

在惠农区黄河东岸,现仍有一处村落被称为渡口村,并有黄河大桥横跨黄河两岸。

黄河至北

黄河东岸的陆地是一处突出的尖角，伸向黄河河中，从此处向南地势豁然开阔。黄河两岸是平缓的冲积平原，并在呈东北—西南走向的贺兰山脚下铺开。从渡口村向北则有一段100多公里的狭长地段，而乌海就位于其中。直至磴口，黄河流经地区又变得开阔，至此进入了河套平原。与南边的宁夏川和北边的河套平原相比，乌海所处黄河狭长地带的地理形势相对特殊，可以说是自成一个相对独立和完整的地理单元。这个地理单元是典型的"川"字形地区，东边是南北走向

西夏时期党项人使用的瓷蒺藜

的桌子山，西边是乌兰布和沙漠，中间是自南向北流的黄河。

从地理形势和历史发展规律来看，我们可以暂时将乌海所处的这一狭长地带称为"乌海通道走廊"，或简称"乌海走廊"。这个概念借用了人类学、民族学或者是历史地理经常使用的术语，就像甘肃的河西走廊。一个有山有水又有沙漠，且呈现"川"字形南北走向的地带，注定在中国历史上发挥着独特且不可替代的作用。

西夏文首领铜印

黄河至北

唯富一套母亲河

位于内蒙古、宁夏的黄河河套地区，地处西北沙漠、戈壁为主的干旱地区。从理论上来说，这一地区基本上不具备进行大规模农耕的开垦条件。但黄河的存在使得这一地区不仅可以进行农业生产，还成为重要的粮食基地。黄河冲积而成的河套平原，是内蒙古最大的粮食产区，也是国家重要的粮食基地。黄河流域的"黄淮海平原、汾渭平原、河套灌区等农产品主产区，粮食和肉类产量占全国三分之一左右"。

黄河发源于青藏高原，位于青海省境内，呈"几"字形自西向东分别流经青海、四川、甘肃、宁夏、内蒙古、陕西、山西、河南及山东九个省（自治区），最后流入渤海。其中黄河上游的节点位于内蒙古呼和浩特市托克托县，黄河上游的最后一条支流大黑河在这里注入黄河。黄河内蒙古段位于"几"字形黄河的顶端，受北部阴山的阻挡，黄河在这里完成了一个180度的大拐弯，使内蒙古成为黄河"几字弯"的核心区。"几字弯"

清朝咸丰三年渠规禁牌

的内部以及黄河流经的阴山以南地区，就是历史上称为"河套"的地区。

　　河套地区指贺兰山以东、狼山和大青山以南的黄河流经地区，包括黄河两岸和整个鄂尔多斯高原。黄

黄河至北

河沿岸的可以引黄河水灌溉的平原以乌拉山为界，东为前套，西为后套。

中华人民共和国成立以后，于1961年建成三盛公黄河水利枢纽工程，修成贯穿后套灌区东西长180公里的总干渠，总干渠下设干渠、分干渠、支渠、斗渠、农渠、毛渠等七级渠系。排水渠与灌水渠相对应，亦设七级沟道，即总干沟、干沟、分干沟、支沟、斗、农、毛沟。总排干沟入乌梁素海，经过

三盛公黄河水利枢纽

乌梁素海滞蓄后经退水渠自流排入黄河。

　　内蒙古河套灌区是亚洲最大的一首制自流引水灌区。被誉为"万里黄河第一闸"的三盛公黄河水利枢纽，发挥着农业灌溉、防洪、供水、交通、发电、旅游及生态补水等综合作用，不仅彻底解决了灌区的灌排水问题，改善了乌兰布和沙漠和乌梁素海的生态环境，还因为灌区丰富的自然景观和人文景观资源，于2005年10月，被评为国家级

三盛公黄河水利枢纽附近的"二黄河"与标识碑

水利风景区。

河套灌区位于内蒙古的乌兰布和沙漠与库布其沙漠之间,是我国设计灌溉面积最大的灌区。灌区北靠阴山,南临黄河,西至乌兰布和沙漠,东至包头地区。东西长270公里,南北宽40～75公里,总面积105.33万公顷。河套灌区是黄河在草原的戈壁地带塑造的平原绿洲,被称为"塞上粮仓"。灌溉是农业生产中的重要手段,也是传统社会中最为有效的农耕生产技术之一。黄河作为中华民族的母亲河,黄河流域也是中国农业发展的中心区,因此在黄河流域有很多著名的水利工程。在世界灌溉工程遗产保护项目中,黄河干流有两处灌区入选《世界灌溉工程遗产名录》。一是宁夏引黄古灌区,另一个就是内蒙古河套灌区。

黄河受地势和纬度影响,在河套灌区势能大减,流速缓慢,且阴山以南地势平坦,为引黄灌溉提供了天然条件。黄河自乌海流入内蒙古以后,就进入了沙漠、荒草地带,为这里的灌溉农业提供了条件和可能,也造就了这里的富饶。

我国的黄河河套灌区,历史悠久,且至今在我国粮食安全保障上发挥着重要作用。"黄河百害,唯富一套"的俗谚广为人知,这是黄河给予草原的最美馈赠,更是几千年来在这里生活的各族人民伟大创造力的体现。

结语

黄河是中华民族的母亲河,孕育了古老而伟大的中华文明,保护黄河是事关中华民族伟大复兴的千秋大计。中共中央、国务院印发的《黄河流域生态保护和高质量发展规划纲要》指出,要着力保护沿黄文化遗产资源,延续历史文脉和民族根脉,深入挖掘黄河文化的时代价值,加强公共文化产品和服务供给,更好满足人民群众精神文化生活需要。推动黄河流域生态保护和高质量发展,要坚定走绿色低碳发展道路,推动流域经济发展质量变革、效率变革、动力变革。

内蒙古在黄河流域生态治理和高质量发展中的战略地位 黄河内蒙古段位于黄河

"几"字形顶端,地理位置独特,流域面积广阔,自然资源富集,城镇和产业集中,生态地位、经济地位、战略地位十分重要。黄河流经内蒙古境内全长843.5公里,流域覆盖7个盟市。作为中华民族的母亲河,黄河不断塑造和改变着流经地区的地貌和社会面貌。黄河在给流经地段带来充足水源的同时,也因为"善淤、善决、善徙"的特征深刻影响着流域内人民的生产生活。总体来说,黄河恩赐内蒙古诸多福利,黄河冲积而成的河套平原,是国家重要的商品粮基地。此外,

老牛湾地质公园景观区

老牛湾景区

以河套平原、土默川平原、鄂尔多斯高原为主体的内蒙古黄河流域还是国家重要的畜牧业和能源基地。

在中共中央、国务院印发的《黄河流域生态保护和高质量发展规划纲要》中,从战略布局上对内蒙古黄河流域的生态治理与高质量发展给予了明确的指导

意见。《黄河流域生态保护和高质量发展规划纲要》将内蒙古高原南缘列入"荒漠化防治区",将乌梁素海列入"重点河湖水污染防治区",进行系统开展生态治理和保护。在黄河全域构建形成"一轴两区五极"的发展动力格局,"一轴"中的新亚欧大陆桥国际大通道中,内蒙古是重要的枢纽区;"两区"中的内蒙古河套平原与鄂尔多斯盆地,分别作为粮食主产区和能源富集区。"五极"中的黄河"几字弯"都市圈作为区域经济发展增长极和黄河流域人口、生产力布局的主要载体,为内蒙古的发展提供了机遇。

推动黄河流域文化和旅游融合发展,把

文化旅游产业打造成为支柱产业，是内蒙古走以生态优先、绿色发展为导向的高质量发展新路子的有效途径。内蒙古沿黄流域内有草原、戈壁、沙漠等自然景观，自然生态风光特色鲜明，是绝佳的具有北疆景观特色的旅游目的地。同时，这里是多民族汇聚之地，民族文化多姿多彩，地域特色鲜明，对游客有很强的吸引力。但目前，内蒙古旅游业整体水平不高，特别是黄河流域内，一直以自然资源开发为主，文化旅游的发展一直处于弱势，文旅产业的形成和发展还存在

内蒙古昭君博物院

很多困难，其原因既有现实因素，也有思想观念因素。其中，最根本的原因是对内蒙古黄河流域内的文化认识不清，文化内涵挖掘不够，从而造成文化传播和影响力较弱，黄河故事深埋地下、不为人知。

深入挖掘黄河流域的自然与历史文化资源 内蒙古黄河流域的重点生态区包括库布其沙漠、毛乌素沙地、河套平原和土默川平原。这些地区有草原风光、沙漠景区、戈壁胡杨、黄河峡谷、水利灌区等，很多已经成为著名的旅游目的地。

内蒙古河套地区是中国历史上著名的农耕文化与游牧文化交融地带，今天的内蒙古黄河区域文化是长期以来多民族文化交流融合的结晶，也是中华民族多元一体格局的重要实证。内蒙古黄河流域各盟市与黄河文化密切相关的考古遗址和重要文物数量众多、特色鲜明，是中华文明发展演变历史中的重要组成部分。旧石器时期的大窑文化遗址、发现"河套人"的萨拉乌苏遗址，新石器时期的海生不浪文化遗址，以及新石器时期至青铜时期的白泥窑子遗址、阿善遗址等一系列史前文化遗存，云中郡故城、蒲滩拐古城、十二连城城址、河滨县古城、东胜卫古城等诸多历史古城遗址，遍布这一地区的黄河沿岸。明清以来，内蒙古黄河流域逐渐成为交通要道和商贸产品的集散地，在这一带流传着与"走西口"密切相关的辉煌历史，还有万里茶道和草原

丝绸之路交汇其间，商业贸易繁荣，包头、丰镇、归化、托克托等城镇因此出现或繁盛。

内蒙古黄河流域内的非物质文化遗产非常丰富。在这一区域有蒙古族长调、呼麦、马头琴等独特的艺术形式，民间故事、手工艺术等民俗文化。这些文化艺术既有民族特色，也包含着多元文化融合的元素。其中，"二人台""漫瀚调"等民间戏剧和民间音乐就是文化交融的典型例证。莜面、炸糕、腌菜等具有典型山西风格的饮食在内蒙古中西部地区已经成为特色食品。烧卖、羊杂等地方美食也是多民族饮食习俗与地方物产相结合

库布其沙漠边缘的黄河景观

的典型。

近代以来，内蒙古黄河流域各族人民反对帝国主义和封建主义的剥削压迫，进行了艰苦卓绝的斗争，留下了众多革命事迹和革命遗存，涌现出了许多先进人物和先进事迹。中华人民共和国成立以来，内蒙古黄河流域在革命、建设、改革的过程中，形成了总干精神、治沙精神等精神文化，这些文化昭示着时代精神，展现着社会新风尚，是内蒙古黄河流域新时代文化的集大成，对其进行总结、梳理，将有助于我们更好地认识当下，走向未来。

讲好黄河故事，推动文化旅游融合发展
推动黄河流域文化旅游产业高质量发展，最重要的还是"讲好黄河故事"。文化旅游的高质量，不仅是"吃、住、行"的高质量，更重要的是文化的高质量。因此，挖掘文化内涵，阐释文化现象，讲好文化故事才是发展旅游业的前提和基础。文化做好了，才能赋予旅游业更强的生命力，而大力发展旅游业也可以更好地传播文化，二者相辅相成、相得益彰。挖掘文化旅游资源，做好文化的"显化""活化"和"转化"，是发展文化旅游业最重要的工作。

在旅游目的地的建设上，要结合黄河生态治理，保护和利用好非物质文化遗产资源，大力建设黄河国家文化公园。内蒙古作为边疆民族地区，拥有美丽的草原风光，可以在开展草原游的过程中让游客体验民族美食、感受民族风情。此外，要利用和保护好长城等优秀文化遗产资源，建设长城国家文化公园和具有地域文化特色的博物馆。创新机制与办法，积极寻求跨省合作与开发黄河文旅资源。

内蒙古黄河流域内天然次生林、天然草地较少，有大片沙漠、戈壁地带，生态压力巨大。要把内蒙古建设成为我国北方重要生态安全屏障，在发展上就不能只着眼当前和局部利益，要站在全国的角度来思考和解决问题。立足战略定位，书写高质量发展新篇章，必须坚持生态先行，保护好文化遗产。我们要通过对黄河文化的创造性转化和创新性发展，增强黄河流域文化软实力和影响力，厚植家国情怀，弘扬中华优秀传统文化，推进中华民族共有精神家园建设。

小白河国家湿地公园